Bollie en Billie

Billies Biljoen

door Roba

DUPUIS

ISSN 0771-8853
I.S.B.N. 90-314-1175-2
© by ROBA (1987).
© by UITGEVERIJ DUPUIS voor de Franse en Nederlandse uitgave.

Waarom zijn kleine jongetjes soms dom?

ZEG... DIE HOND VAN JOU... WAAROM LOOPT DIE ZO GEK?... VOLGT HIJ EEN SPOOR?
IK WEET HET ECHT NIET! HIJ DOET ZO AL DE HELE DAG!
DE HELE DAG?! DAT MOET DAN WEL EEN ENORM SPOOR ZIJN, DENK JE NIET?!
NOU! IK BEN BENIEUWD WAAR HIJ ONS BRENGT!
KUNNEN WE 'T HEM NIET VRAGEN?
JIPPIE! GOED IDÉE!
HÉÉ!... SLIMMERD...
935A
NOU, BILLIE?! WAT ZOEK JE EIGENLIJK?
EN WAT HOOP JE TE VINDEN?
HET ZWAARD VAN EEN ZWAARDVIS?
EEN OLIFANTEN-KERKHOF? HA! HA! HA! HA!
BONG
BONG
HET MOETEN TOCH WEL TWEE GROTE SUFFERDS ZIJN, DAT ZE NIET ZIEN DAT IK SPIT HEB!...
PIJN IN JE RUG... DAT IS TOCH VERSCHRIKKELIJK!
© Roba 1985
935B

Bot gevangen...

POE! STELLETJE AMATEURS!
AH! IK ZIE HEM... JE HAD GELIJK, BILLIE! HIER ZAT-IE VERBORGEN!
JA! JUIST! ZO!
VOORZICHTIG! RAAK HEM NIET KWIJT!
LAAT ME NIET LACHEN!
NOU! NOU! NOU! DAT IS EEN GROTE, ZEG!
ZEI IK HET NIET?! EEN PRACHT EXEMPLAAR!
PAS OP! NU KOMT HET MOEILIJKSTE!
POTVERDRIE! VOORZICHTIG!
HET LUKT ZE NOOIT!
HIJ ZIET ER GEZOND UIT! ANDERS ZOU IE WEL DRIJVEN!
ZOIETS MOET JE OVERLATEN AAN VAKMENSEN!
AH? AHA?
936 A
JE HEBT 'M! JE HEBT 'M!
STA TOCH NIET ZO TE SPRINGEN, JIJ!!
IK MAG IN EEN STRUISVOGEL VERANDEREN ALS DIE DAAR IETS VANGEN!
ZIE JE NOU! IK MISTTE HEM DOOR JOUW SCHULD!
PFFFRRR!...
NU DOE IK HET ANDERS... EN DEZE KEER ZAL IK HEM HEBBEN... LET OP MIJN WOORDEN!
ALS HIJ ERIN VALT ZAL IK HEM NIET OPVISSEN!
ALSJEBLIEFT! GELUKT!!
TOK TOK TOK TOK
DE MOOISTE VANGST VAN MIJN LEVEN!
© Roba 1985
936 B.

Pispaaltje

WAT EEN PRACHTPAAL! EEN ECHT MUSEUMSTUK!
IK KRIJG ZIN OM... ALS IK DURF...
DURF IK? OF DURF IK NIET?
ACH KOM OP! IK DURF!
937 A
UND MAINTENANT, LADIES Y SIGNORI, PLEASE KIJK NAAR THIS MAGNIFICO VOORBEELD VON DER KNÖDEL STYLE (IN FRANCESE: MODERN STYLE; EN INGLESE: ART NOUVEAU!) HET WURDE OPGERICHT IN 1912 (NINETEENHUNDERT Y DODICI) POR IL BEROEMDE ONTWERPER VAN STRAATVERLICHTING, BARON VICTOR HOTU (1)...
KLIK KLIK
DZZZZ KLIK KLIK
DZZZ KLIK KLIK DZZZ
CITY-CA
KLIK
WANNEER GAAN ZE NOU EINDELIJK EENS WEG?!?!
© Roba 1985
(1) INTERNATIONALE GIDSENTAAL DOOR Y. DELPORTE. 937 B

Everzwijn met truffels en aardappelen in de schil

HA! HA! HA! HA!
WAAROM MOET JE ZO LACHEN?
IK MOET LACHEN OM JOUW HOND... OF HEB JE NOG NIETS GEMERKT?...
WAT GEMERKT?
...HIJ HEEFT EEN NEUS ALS EEN AARDAPPEL! HOEAHAHA!
!
ZEG! HEE! HALLO! KIJK EERST EENS NAAR JE EIGEN NEUS!!
TROUWENS!... ZIJN NEUS LIJKT NIET OP EEN AARDAPPEL MAAR OP EEN TRUFFEL!
AARDAPPEL! TRUFFEL! IK KRIJG WAT VAN DIE ONZIN!
938A
HEB JE NOU JE ZIN?! NOU IS-T-IE BOOS!
BILLIE...KOM!...JE HEBT ECHT EEN HELE MOOIE NEUS!
JA!
KAiiiii!
BILLIE!
IK KAN ER TOCH NIETS AAN DOEN DAT JOUW TRUFFEL ERUIT ZIET ALS EEN AARDAPPEL!... IK BEN TROUWENS DOL OP ALLEBEI!
??
GRROïNK
938B
©Roba 1985

Naaktstrand

Overrijp

DIEPE ZUCHT!
NOG DIEPERE ZUCHT!
?
NOU NOU! NOU NOU!
BOEHOEOE! WAOEOEOE!
WAT MANKEERT JOU, BILLIE?
AL- LES ALLES!
SNIF
940A
MAAR WAT ZIT JE DAN ZO DWARS?... HET LEVEN IS TOCH MOOI!
O JA? VIND JE?
NATUURLIJK! HET IS MOOI BUITEN EN DE VOGELTJES FLUITEN!
ZE FLUITEN OMDAT ZE GEEN BENUL HEBBEN!
GEEN BENUL WAARVAN?
PRECIES JA! WAT WETEN ZE NIET?
DAT MICKEY MOUSE AL 50 JAAR IS!... EN DONALD DUCK IS VIJFTIG! EN PLUTO OOK AL!... EN BOBBIE BIJNA VIJFTIG... EN DAT IK...
...BINNEN-KORT RIJP BEN VOOR EEN BEJAARDE-HUIS!
940B
© Roba 1985

Storingen...

...DIT ZIJN DE VOORNAAMSTE ZIEKTEN DIE DE GEZONDHEID VAN UW HOND KUNNEN AANTASTEN ...
...EEN REGELMATIG BEZOEK AAN DE DIERENARTS IS DUS AAN TE BEVELEN... ROEP HEM, ZO GAUW ER IETS IS...
...MAAR ER IS MEER !...
941 A
...WANT UW LIEVE HUISGENOOT HEEFT ANDERE DINGEN NODIG VOOR EEN GELUKKIG LEVEN... GEZONDE VOEDING... SPEELDINGETJES... EEN DAGELIJKE WANDELING...
...MAAR VOORAL EN BOVEN ALLES UW LIEFDE EN TOEWIJDING... OM ZICH ALS EEN VIS IN HET WATER TE VOELEN...
...OVER WATER GESPROKEN... ELKE WEEK EEN GEZOND BAD... DAT ZAL HEM GOED DOEN... HIJ ZAL ER U DANKBAAR VOOR ZIJN!... DAT WAS HET DAN WEER VOOR DEZE KEER...
GRRRR!... (1)
941 B
©Roba 1985

(1) STUK IDIOOT!

Adamspakje

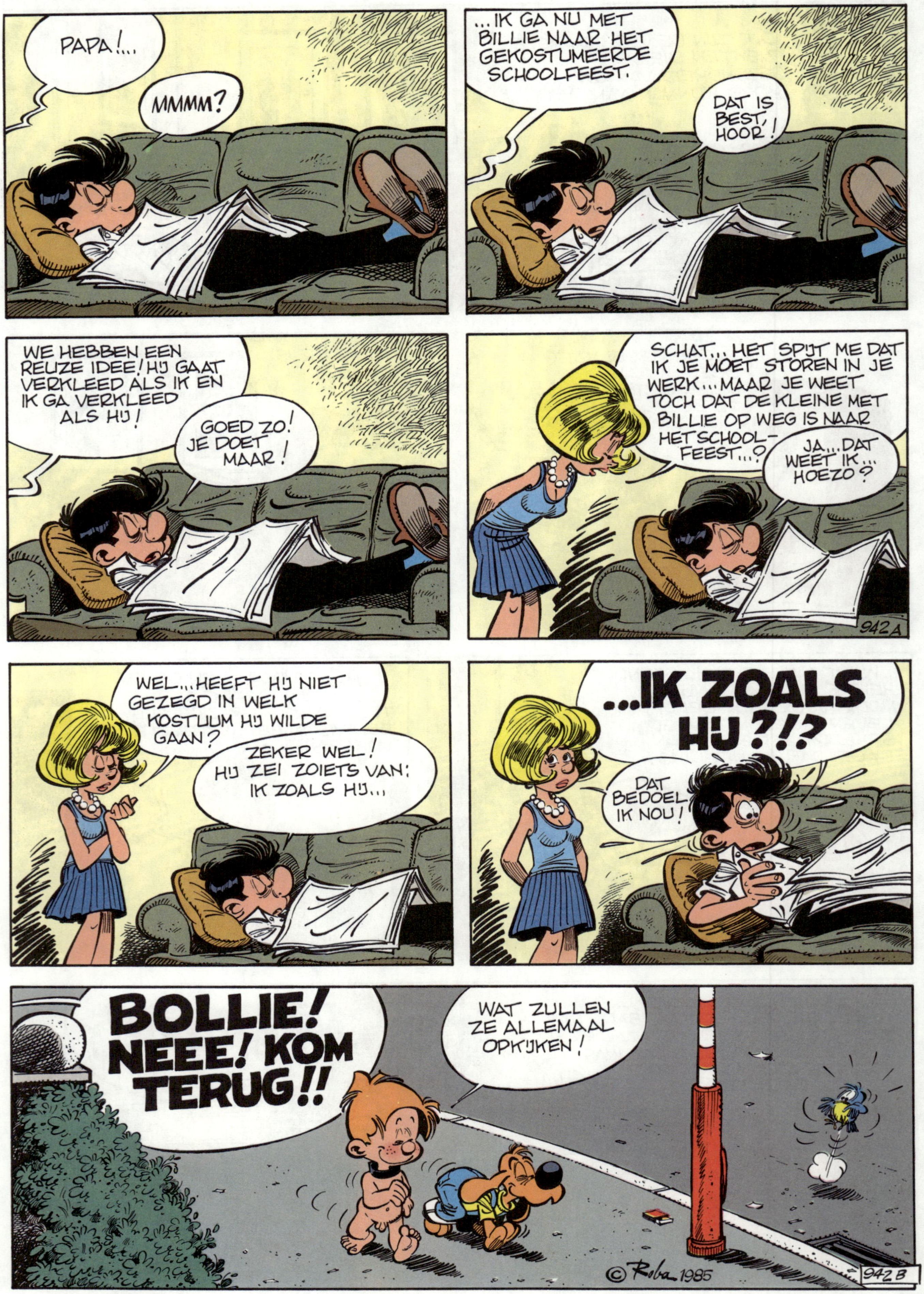
PAPA!...
MMMM?
...IK GA NU MET BILLIE NAAR HET GEKOSTUMEERDE SCHOOLFEEST.
DAT IS BEST, HOOR!
WE HEBBEN EEN REUZE IDEE! HIJ GAAT VERKLEED ALS IK EN IK GA VERKLEED ALS HIJ!
GOED ZO! JE DOET MAAR!
SCHAT... HET SPIJT ME DAT IK JE MOET STOREN IN JE WERK... MAAR JE WEET TOCH DAT DE KLEINE MET BILLIE OP WEG IS NAAR HET SCHOOLFEEST...?
JA... DAT WEET IK... HOEZO?
942 A
WEL... HEEFT HIJ NIET GEZEGD IN WELK KOSTUUM HIJ WILDE GAAN?
ZEKER WEL! HIJ ZEI ZOIETS VAN: IK ZOALS HIJ...
...IK ZOALS HIJ?!?
DAT BEDOEL IK NOU!
BOLLIE! NEEE! KOM TERUG!!
WAT ZULLEN ZE ALLEMAAL OPKIJKEN!
© Roba 1985
942 B

Overal waar de nesten staan...

HA! HA! HA!
HA! HA!
MOET JE HOREN WAT GEESTIG: " IN ENGELAND...
PUZZLE
...HEEFT EEN ZEKERE MISS PERRINS UIT WORCESTER IN HET GRAAFSCHAP WORCESTER (1)
...HEEFT DIE LIEVE MISS PERRINS EEN SCHAAL IN DE TUIN LATEN STAAN...
943 A
(1) WORCESTERSHIRE (ALS U WILT)
... WIE SCHETST HAAR VERBAZING TOEN ZE DE VOLGENDE DAG ZAG DAT EEN MEZENPAARTJE ER HUN NESTJE IN BOUWDE...
PUZZLE PUZZLE
...VERTEDERD HEEFT MISS PERRINS SINDSDIEN HAAR SCHAAL NIET WILLEN GEBRUIKEN... OM DE LIEVE BEESTJES NIET TE STOREN..." HA! HA! HA!
ZOIETS KAN ALLEEN IN ENGELAND!
WAOEOE
WAOEHOEHOEHOE
BILLIE
© Roba 1985
943 B.

Van z'n melk...

WEET JE ZEKER, DAT DE VADER VAN JE VRIENDJE HET NIET ERG VINDT ALS IK MET HEM MEE FIETS...
O NEE! HELEMAAL NIET!... MAAR VLUG WANT HIJ KAN ELK OGENBLIK... KIJK!... HIJ KOMT NET LANGS...
GEEFT NIETS! IK HEB HEM GAUW GENOEG INGEHAALD!
BYE BYE!
KOMAAN! EEN FEL SPRINTJE EN IK VLIEG HEM VOORBIJ!
944 A
HOE KAN DAT NOU?! HIJ HEEFT ZEKER EEN MOTORTJE!
EEN UUR LATER...
O DIE SMEERLAP! HAD HIJ GEEN VLAKKE WEG KUNNEN UITZOEKEN?!
DRIE UUR LATER...
IK KAN NIET MEER!
BOLLIE-IE-IE!
PFFF... IK KON HEM... PFFF... NIET INHALEN... PFF HOE HEET... PFFF... DAT VRIENDJE... PFFF... VAN JOU?
JOPIE... NET ALS ZIJN VADER... JOOP ZOETEMELK!
944 B.
©Roba 1985

Apepakjes

MAMA HEEFT GELIJK! HET WORDT TIJD DAT IK EEN PAK VOOR JE KOOP, DAT WAT MODERNER IS!
VOOR BEROERDE DINGEN IS HET NOOIT TIJD!
AH! HIER ZULLEN ZE WEL IETS GESCHIKTS VOOR JE HEBBEN!
Rose Marine & Co
POE!!
GOEDEN DAG! GOEDEN DAG! GOEDEN DAG!
U VRAAGT MAAR! WIJ HEBBEN DE GROOTSTE KEUS!
DAAROM KIEZEN DE KLANTEN HIER GRAAG IETS ANDERS!
HET IS VOOR MIJN ZOONTJE... IK...
ZEGT U MAAR NIETS MEER! IK HEB WAT U ZOEKT!... GAAT U MAAR IN DE PASKAMER...!
945 A
WEL AARDIG...?
NOU JA...?
GRRR.
NOU JA... DIT DUS NIET...
KAIII!
OEI... OEI... OEI... OEI...
IK ZIE HET AL! MIJNHEER IS EEN LASTIGE KLANT! GEEFT NIET! HET IS MIJN VAK!
HIER HEB IK IETS DAT DE GROOTSTE HIT BELOOFT TE WORDEN VAN ONZE EEUW! IK DURF TE VOORSPELLEN DAT DIT HET BEELD IS VAN DE VOLGENDE TWINTIG JAAR.
LATER...
DAT IS HET "BEELD" VOOR DE KOMENDE TWINTIG JAAR!
945 B
©Roba 1986

Voor volk en vaderland...

"WAT BETEKENT VOOR JOU DE NATIONALE VLAG?"
ONMOGELIJKE TITEL VOOR EEN OPSTEL!
ZO JONGEN! VORDERT JE OPSTEL AL EEN BEETJE?
IK HEB BETERE DAGEN GEKEND!
VERTEL ME NOU NIET, DAT DE NATIONALE VLAG JE NIET INSPIREERT!
POE! MIJN BLAADJE BLIJFT NET ZO WIT ALS EEN VLAG VAN BEDDELAKEN!
LUISTER... JE ZOU TOCH KUNNEN ZEGGEN DAT...
HÉÉ! HOO! NIET ZO VLUG! IK KAN MAAR MET ÉÉN HAND SCHRIJVEN!
JE ZEI DUS DAT IK WAT KON ZEGGEN?
946A
...DAT HEEL HET VOLK BIJ HET ZIEN VAN DE VLAG EEN WARME LIEFDE VOOR HET VADERLAND VOELT OPBLOEIEN...
WAAR HAALT HIJ HET VANDAAN!?!
SCRITCH SCRITCH
...EN DAT, ALS DE DRIEKLEUR LANGZAAM WORDT GEHESEN...
O JA! DAT KLINKT GOED! HEEL ERG GOED!
...ALLE BURGERS ZICH VEREEND VOELEN IN EEN WARME TROTS...!
?!
©Roba 1985
946B

Scherpschutters

SPLETSJJ!
947 A
SPLETSJJ
STA TOCH NIET ZO STOM TE GIECHELEN, J'J!
SPLETSJJ
IK ZIE NIET WAT HIER VOOR LOLLIGS AAN IS...
WAAH!
SPLETSJJ!
GLOEP
HALIKIDEE! ONZE TREFZEKERHEID NEEMT TOE MET DE DAG!
©Roba 1985
947 B

Geen kattewasje...

J'J... J'J BENT EEN BEROEMD ONTDEKKINGSREIZIGER! PAPA, MAMA EN IK ZIJN WILDE KANNIBALEN!
O JA! EN DAN VEROVER IK JULLIE LAND!
IEDEREEN IN HET OERWOUD SIDDERT VOOR JE NAAM: BILLA MATARI!
DIE WILDEMAN BEZORGT ME NU AL EEN DOOPNAAM! DAT BEGINT GOED!
O MICHAEL JACKSON
SSSTT! IK RUIK VIJANDEN!
WARISTIE! WARISTIE?
DARISTIE! DARISTIE!
ZEPIE! ZEPIE!
HOEI! WAT EEN VIEZERIKKEN!
948A
HOLALA! HALALA! HEBBIKKUM!
RAAKISTIE! HOUMBEET!
LIEVE HELP! GOOD GRIEF! DAMNED! IK BEN ERAAN!
GEFUMUN BEURT! GEFUMUN BEURT!
VIEZISSMER IG! HABA!
?
INDETOBBE! INDETOBBE!
!
SPOELUM AFNU! SPOELUM AFNU! LEK KERWAS EN SCHOONNER!
DIT IS HET EINDE!
DOUCHESCHUIM! VLUG!
HIERISSUT! HIERISSUT!
MIKE JACKSON IN EEN KOOKPOT! VERSCHRIKKELIJK!
948B

© Roba 1985

Verkeerd verbonden!

RRRING... RRRING... RRING...
EEN GELUID DAT NARIGHEID VOORSPELT...
HALLO? JA... JA...
JA MEVROUW... IK HEB EEN JONGETJE... ROOD... PRECIES!
WAT?! SLECHT OPGEVOED?!?
ZEG MEVROUW, WAT DENKT U WEL!
SLECHTE MANIEREN?! MAAR MEVROUW!! DAT NEEM IK NIET...
WAT ZEGT U??
NEE, MEVROUW, NEE! IK KAN U VERZEKEREN... WAT?!?
ZIJN OPVOEDING IS ONZE ZAAK, MEVROUW!... TROUWENS, MIJN MAN EN IK...
WAT?!
949 A
HIJ ZOU UW KLEINE MEID LASTIG VALLEN?!?
DE GEVOLGEN? WELKE GEVOLGEN? MAAR MEVROUW!... MIJN ZOON IS NOG GEEN TIEN...!!
?!?
O DIE!?! JA... JA JA... IS 'T DAT...
HET IS VOOR JOU!!
949 B
©Roba 1986

Geen zuiver koffiedik

IK ZIE BLOEMEN... BLOEMEN IN EEN POT... EN OOK...
... JA, EEN BLONDJE... EEN LIEF KLEIN BLONDJE OP JE WEG... IK ZIE OOK EEN BRIL... EN GELD... HEEL VEEL GELD...
... IK ZIE TWEE AUTO'S... EN EEN VLIEGTUIG... EEN VLIEGTUIGONGELUK...
... EN EEN WAS-BEERTJE!
EVEN LATER...
MADAME MIRETTE HELDER-ZIENDE ELKE DAG 11 - 18
NOU ALS IK HET MAG ZEGGEN...
A 950
MIJN GERANIUMS!!
MIJN VLIEGTUIG!!
WOEOEI!!!WOE!!!!
PANG!
MIJN GELD!
POLITIE
KLAP-BAND!
OPTIK
KRRAKK
EEN MAKKIE HÈ! VERGEET 'T MAAR!
VERD...
... IS HET ALLEMAAL ONZIN!
MIJN UITHANG-BRIL!
BAMBI
HÉÉ... MOOIE ROOIE... WAT VIND JE VAN BLOND?!
WAS-BEER
WAT DOE IK HIER EIGENLIJK??
©Roba
950B.

Geen gehoor

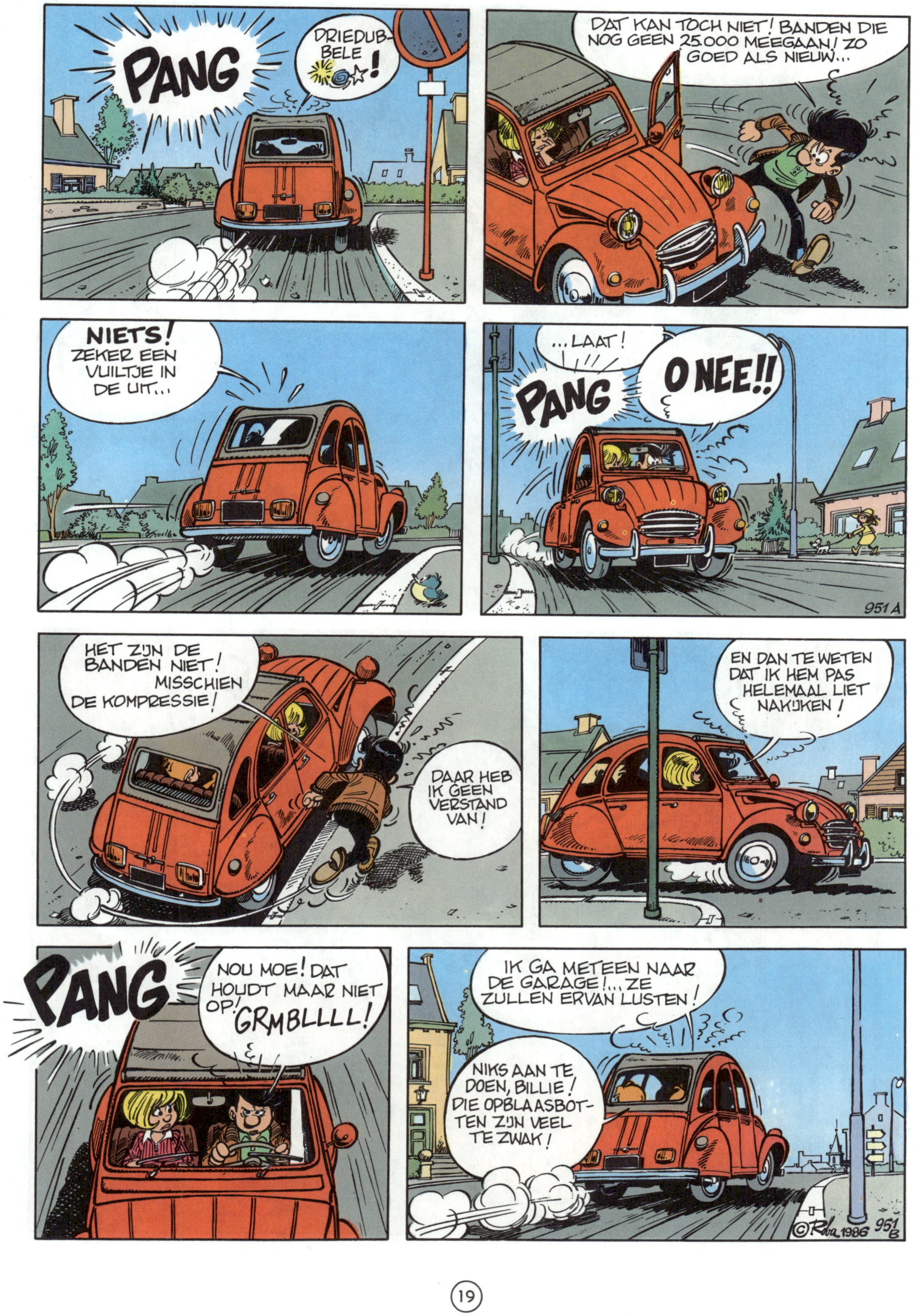

PANG
DRIEDUBBELE ...!
DAT KAN TOCH NIET! BANDEN DIE NOG GEEN 25.000 MEEGAAN! ZO GOED ALS NIEUW...
NIETS! ZEKER EEN VUILTJE IN DE UIT...
...LAAT!
PANG
O NEE!!
951 A
HET ZIJN DE BANDEN NIET! MISSCHIEN DE KOMPRESSIE!
DAAR HEB IK GEEN VERSTAND VAN!
EN DAN TE WETEN DAT IK HEM PAS HELEMAAL LIET NAKIJKEN!
PANG
NOU MOE! DAT HOUDT MAAR NIET OP! GRMBLLLL!
IK GA METEEN NAAR DE GARAGE!... ZE ZULLEN ERVAN LUSTEN!
NIKS AAN TE DOEN, BILLIE! DIE OPBLAASBOTTEN ZIJN VEEL TE ZWAK!
©Roba 1986 951 B

Reklame

Harlow's
jeans
Rock
KOMT ER NOG WAT VAN ??
952A

uw hond gezond en blij... met CROC
CROC
Rock
KOMT ER NOG WAT VAN?
© Roba 1986 952B

Hij zag er nooit een been in

?!!
TSJEE! ZIE JE WAT IK ZIE?
JA HOOR! IK ZIE HET!
NEE MAAR! KIJK EENS HIER! DIT IS EEN GOUDMIJNTJE! ALLE-MAAL BOTTEN!!
BOTTEN! BAAAHH!
953 A
LAAT DIE VUILIG-HEID VALLEN!
'EN JE 'EK OF 'OE 'IT 'AT?
ZITTEN VOL ZIEKTEKIEMEN! EN JE WEET NOOIT VAN WIE ZE GEWEEST ZIJN!
KLONG
ZO HEB IK DAT NOOIT BEKEKEN! JIJ BENT DE EERSTE...
NEEM VAN MIJ AAN... BOTTEN...
... DAAR KRIJG JE GENOEG VAN! IK BEN D'R! TOT ZIENS MAAR WEER!
?!
HÉÉ, RIP! WAAR HEB JIJ AL DIE TIJD GEZETEN?
© Roba 1986
953 B

Boom-melding

JIJ MAG ZELF ZEGGEN WAAR, JONGEN!
DAAR? O.K. WAAROM NIET!?
DIT IS EEN GOEIE KEUS, ZOON! NIET TEVEEL SCHADUW... NIET TEVEEL ZON!
ALS DEZE BOOM LATER GROOT IS DAN KAN JE AAN JE KINDEREN VERTELLEN...
954A
DAT JE DEZE BOOM HEBT GEPLANT SAMEN MET HUN GROOTVADER!
VOORZICHTIG! VOORZICHTIG! ZIEZOOO!...
NU NOG EEN PAALTJE ERBIJ, ZODAT HIJ MOOI RECHTOP BLIJFT STAAN!
ZIE JE, ZOON! EEN MAN DIE EEN BOOM HEEFT GEPLANT HEEFT NIET VOOR NIETS GELEEFD!
OEI! OEI! IK HEB HUN LEVEN VERPEST!
© Roba 1986
954 B

Fast food

WAT HEEFT JOUW MOEDER OP JE BROOD GEDAAN?
HAM!
GRRR!
HÉÉ! DAT HEB IK OOK!
HAM! DA'S GEZOND!
GRRR!
VOORAL ALS ER WAT VET AANZIT!
HÉÉ!
GRRR!
955 A
ZEG! HÉÉ... JIJ DAAR! WIL JE DAT WEL EENS LATEN!
AHA! IK WEET WAT HIJ WIL!
GRRRRR!
LUISTER! IK KEN MIJN HOND HET BESTE EN IK DENK DAT BZZZ BZZZ
NEE TOCH!
WEL!
GRRR!
GELOOF-ME... ALS JE VINGERS JE LIEF ZIJN...
EN HET WENT HOOR... EEN BOTERHAM MET BROOD!
GRRRR!
MJAM MJOM SCHLURP
© Roba 1986
955 B

Nachtlawaai

PAPA! IK KAN NIET SLAPEN!
GA MAAR SCHAAPJES TELLEN... HEEL VEEL SCHAAP...
RRRRR
NATUURLIJK! GOED IDEE!
956A
1..2..3...
GRRWAF!
WIL JE ME WEL 'NS LATEN SLA-PEN?
©Roba 1986
956B

Koek, of ei?

FEESTDAG! PANNEKOEKEN!
OEI! OEI! OEI! OEI!
HOP!
HELP!
REN VOOR JE LEVEN!
WAT IS ER AAN DE HAND?
HET EINDE DER TIJDEN! WAUW!
WAT? IS ER OORLOG?
NOG ERGER! HET IS PANNEKOEKENDAG! ZOEK MAAR DEKKING!
957A
MAAR PANNEKOEKEN ZIJN TOCH LEKKER!
JAWEL... MAAR ALS HIJ ZE MAAKT IS HET GEVAARLIJK!
IK ZIE DAT JE ME NIET GELOOFT!... NOU... VOOR JOUW PLEZIER EN OMDAT IK JE ZO GRAAG MAG GA IK NU NAAR BINNEN! HET BEWIJS VOLGT... LET OP!
MAAR WEES TOCH VOORAL VOORZICHTIG, HEFJE!
KOM TERUG! DEZE HIER IS GESLAAGD!
ZIE JE NU WAT IK BEDOELDE!
!
©Roba 1986
957 B.

Hondse spelletjes

JOUW BEURT, BEATLE!
OPGEPAST!! ...
WAUW! GEMIST!
NU BEN IK! ALS HET ME LUKT HEB IK ER VIJFTIEN IN EN IS ALLES VOOR MIJ!
958A

TSJONGE ZEG! WAT HEB JIJ EEN GELUK!
PLINK
ALSJEBLIEFT! VLO IN 'T POTJE!
DE GROETEN HÈ! BEDANKT EN TOT DE VOLGENDE KEER!
IK VERTROUW HET NIET!
HET IS 'N TRUUK!
© Kiòra 1986
958B

Een kinderhand is gauw gevuld

HEE! KIJK 'NS WAT IK HIER, IN DIE KIST TERUGVIND...
M'N EERSTE BEERTJE!
EN 'N OUWE TOL! HELEMAAL GEBARSTEN, MAAR 'N MUSEUMSTUK!
'N SPITFIRE-SCHAALMODEL. HEB IK ALS KNAAPJE ZELF IN ELKAAR GEKNUTSELD...
959A
... M'N HOED UIT M'N PADVINDERSTIJD!
OH!
M'N ALLEREERSTE STRIPS! UNIEKE EXEMPLAREN!
DIT IS LATER ALLEMAAL VOOR JOU, ZOON!
MAMA!
KRENT!
©Roba 1986.
959B.

Banzai!

BILLIE HEEFT EEN STOK GEVON-DEN...OM MEE TE GOOIEN!
WAFWAF WOF!
DAT EEN STOK?! STRAKS VINDT HIJ EEN SPOORBIELS! DA'S NOG LEUKER!
GRRR!
PAPA ZAL ER WEL EEN STUK VAN AFBREKEN!
GNNNNN...
960A
VVVRRDD!
KOMT ER NOG WAT VAN?
PFFF... PFFF...
HELP DAN TOCH EEN BEETJE!
LIJKT WEL NODIG!
KAÏAWAAA!
KRAK
ZO MAKKELIJK IS DAT NOU!
© Rola 1986
960 B

Wee je gebeente!

NOU? EN ?!
UW KETEL IS IN ORDE! MISSCHIEN DE LEIDINGEN ?!
NOU? EN ?!
WEL... HET ENIGE DAT ER OP ZIT IS DAT WE UW BUIZENSTELSEL EEN BEURT GEVEN... 'T HEET "DE LAATSTE KANS"!
NOU? EN ?!
WEL... IK GA DIT NIEUWE APPARAAT GEBRUIKEN DAT IK ZOJUIST UIT OKINAWA BINNENKREEG! DAARMEE MOET HET LUKKEN...
NOU? EN ?!
WEL... U KUNT 'T PROBEREN MET EEN SCHIETGEBEDJE! MAAR U KUNT OOK GELOVEN IN DE WONDEREN VAN DE TECHNIEK! DEZE MACHINE VEROORZAAKT TRILLINGEN MET EEN KRACHT VAN 9 OP DE SCHAAL VAN RICHTER...
961A
ALLEEN STAAT HIER WEL DAT WE MAAR BETER HET HUIS KUNNEN VERLATEN...
NOU? EN ?!
WEL... IK START 'M!
D'R STAAT HIER OOK: "ALS U GEROMMEL HOORT, DAN WERKT 'T"!
NOU? EN ?!
BRROEM
BRRÔM
TSHHHH
PANG
PAW
PAF
PIOEEEE
BANG
KLONG
PONG
NOU? EN ?!
WEL ... HET WERKT !
© Roba 1986
961B

Halleloeien

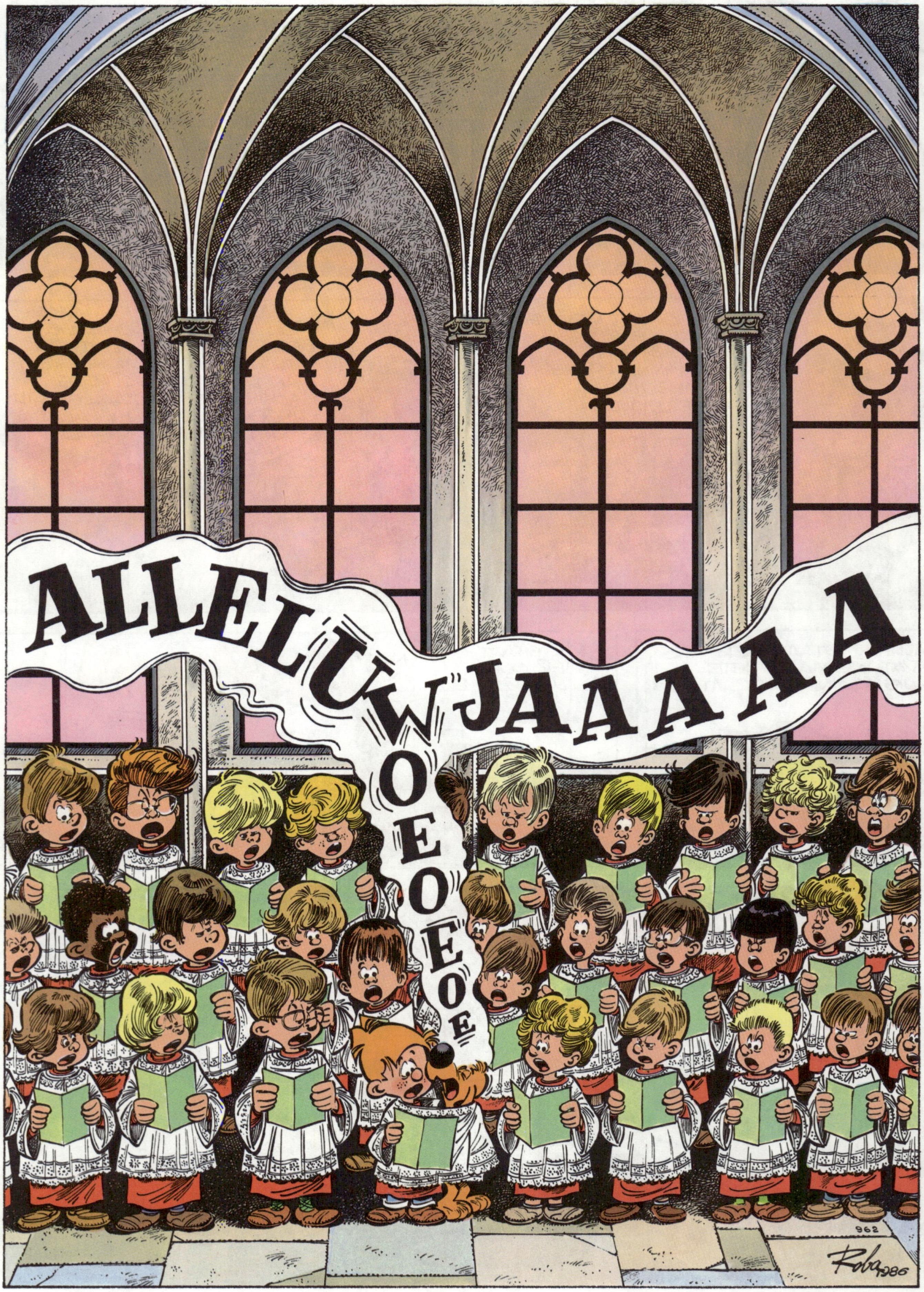

ALLELUWJAAAAAA
WOEOEOEOE
962
Roba 1986

Kruis of munt

KAROLIEN! ARM DIERTJE VAN ME!!
EEN SCHILDPAD MAG NOOIT OP Z'N RUG LIGGEN!
DAT IS HEEL GEVAARLIJK!
KAROLIEN! BEN JE SOMS ACHTERLIJK!
963 A
JE WEET TOCH DAT JE DOODGAAT ALS JE OP JE RUG LIGT!
NOOIT MEER DOEN, HOOR!
KAROLIEN!! BEN JE NIET GOED WIJS?!
EEN SCHILDPAD OP Z'N RUG! DAT STAAT GELIJK AAN ZELFMOORD!
HEB JE NIET GELEERD DAT DAT HEEL GEVAARLIJK IS!?
DRIE KEER IS SCHEEPSRECHT!
EN LAAT ME NU ALSJEBLIEFT RUSTIG ZONNEBADEN!! JA!!
?
Roba 1986
963 B

Vaste wegligging

NOU?! DOE JE HET NOU OF NIET ?!
IS EEN EIK MISSCHIEN NIET GOED GENOEG ?!
HIJ LOOPT WAARACHTIG DIE BERK VOORBIJ!
IK VRAAG ME AF WAT ER AAN DIE BOMEN MANKEERT!
MISSCHIEN ZOEKT HIJ EEN STRAATLANTAARN, PAPA!
964 A
POE! NOG EEN GELUK DAT WE NIET IN DE SAHARA ZITTEN!
AH? AH? HIJ RUIKT IETS...
NEE TOCH! ZAL MIJ BENIEUWEN WAT DAN...!?
SNIF SNIF!
JA HOOR, PAP! DEZE KEER IS HET RAAK!
AAAAH!... "MISCHJIER" BANDEN...! NET WAT IK ZOCHT.
Roba
964 B

Hondeweer

KRAKBAOEM
KRRAK
NEEEEEEEE
HOE KRIJGEN ZE HET VOOR ELKAAR OM MIJ ALTIJD HET KORT-STE STROOTJE IN M'N MAAG TE SPLIT-SEN ALS BILLIE IN DIT HONDEWEER MOET WORDEN UITGELATEN !?
Roba

Voetbalfans

WE ZULLEN WINNEN...
F.C.
F.C.
VIND JIJ OOK NIET DAT DIE VOETBALSUPPORTERS KOMPLEET IDI... NOU JA ...JE WEET WAT IK BEDOEL ... ZIJN!
WE ZULLE
TOEOEOE
TWEE UUR LATER...
WE HEBBEN GEWONNEN...
JA!
Roba 966c

’n Fluitje van ’n cent

ZIE JE DIT LOKFLUITJE HIER... DAAR KOMEN DE EENDEN OP AF...
JE HOUDT TOCH WEL VAN CANARD À L'ORANGE (*)
(*) EEND MET SINAASAPPEL
'S PROBEREN...
KWAAK KWAAK
KWAAK KWAAK
KWAAK KWAAK
967A
!
KWAAK KWAAK
!
'T WERKT!
KWAAK KWAAK
BZZWOF! BOF! WAOEOEGRRR BZZZ...
JA! DA'S WAAR OOK!
KWAAK?
MIJN HOND WIL ER EENTJE OM SINAAS-APPELS MEE TE LOKKEN!
APO
roba 967B

Trouwe kijkertjes...

HÉÉ BOLLIE! KOM 'NS KIJKEN!
968A
KIJK DAAR... KEN JE DIE ?!
ZEG! DA 'S BILLIE! WAT VOERT DIE DAAR UIT !?
...EN ONZE VOLGENDE UITZENDING MOGEN JULLIE ZEKER NIET MISSEN ... ER KOMEN HEEL BEKENDE GASTEN ...! EN NIET ZO WEINIG!... DE 101 DALMATINERS (*)... EN DUS ZEGT COCKERICOWBOY JULLIE: TOT DE VOLGENDE WEEK!
?!
Roba 86
968B

(*) BEROEMDE FILM VAN WALT DISNEY

Opper-hoofd

MAG IK JE IETS VRAGEN? VOOR EEN VRIENDJE VAN ME...!
WAT?
LUISTER... ZOU JE NIET... EEH... ALSJEBLIEFT ...BZBL... GLBLL... VEREN... BZZ ?
WAT ?!?!
HOE KOM JE ERBIJ ?!! WEET JE WEL HOE LANG HET DUURT VOOR ZO'N ACHTERSTUK IS OPGEBOUWD?
NEE!
HEEL... HEEL LANG!
KOM NOU! HET GAAT TOCH MAAR OM DRIE OF VIER!
969 A
GEEN SPRAKE VAN!
TWEE OF DRIE?
NEE!
ÉÉN OF TWEE?
OOK NIET VOOR MIJ?
NEE ZEG IK! ZOEK MAAR EEN ANDERE OPLOSSING!
LATER...
EN!? HEB IK NOU VEREN GENOEG OM OPPERHOOFD TE MOGEN ZIJN ?!
WAT JE EEN OPLOSSING NOEMT!
Roba 1986
969 B

ORRRING
HALLO!!
WELKE IDIOOT VERSTOORT M'N MIDDAG-DUTJE!
JA. SPREEKT U MEE! MET WIE SPREEK IK! WAT?
HET... HET MIMI... VAN FIFI... HET MINISTERIE VAN FINANCIËN?
KIFSALE TRONCOLE?!... BBB... BIJ MIJ? DEZE MIDDAG??!
SLIK!
DAAR HOEFT U NIET VAN TE SCHRIKKEN, MIJNHEER! ...ONZE DIENST HEEFT ALLES IN HET WERK GESTELD OM DE MENSEN OP HUN GEMAK TE STELLEN! U ZULT HET ZIEN... ALLES ZAL HEEL GOED VERLOPEN TOT DADELIJK!
KLIK
ALARM! S.O.S.!
VERSCHRIKKELIJKE RAMP!
KLAAR VOOR DE STRIJD!
VERZAMELEN!!
AANTREDEN!
IEDEREEN OP ZIJN POST!
970A
WAT IS-T-R??
BELASTINGCONTROLE! VLUG! SCHEUR JE KLEREN KAPOT OF TREK ANDERE AAN! EN ZORG DAT JE ER SLECHT UITZIET!
KRAAK!
IK DUIK IN M'N PAPERASSEN! ZE ZEGGEN DAT ZE ME OP M'N GEMAK WILLEN STELLEN! NOU... DAN VREES IK HET ERGSTE! DIE LUI VERANDEREN NOOIT!
O JA! EN STOP DE HOND WEG! DIE ZIET ER TE WELVAREND UIT!
DING DONG
OEI OEI OEI OEI!
DE BESTE WENSEN VAN DE STAAT ...WIJ ZIJN GRIJPGRAAG EN HEBBERD BELASTINGAMBTENAREN
?!
Roba 1986
970B

Wit van woede

GRRMLBDEDJJJ!... SNEEUWRUIMEN... POKKENKLUS!
EN DAN TE WETEN, DAT ER LANDEN ZIJN WAAR 'T NOOIT SNEEUWT!
DIE LUI BESEFFEN NIET HOE ZE BOFFEN! ...GRMDLDJJJ!...
TROUWENS... ALSOF EEN ESKIMO Z'N OPRIT AAN ZOU VEGEN!?...
971 A
OEF!
IK BEN BLIJ DAT 'T ER OP ZIT!
PSSST!
O NEE!
GRRMBLEDE DJJGR!
O JA!
BILLIE
Roba 1987
971 B

Sjaaltje om?

NEE! HET SPIJT ME! HET VRIEST BUITEN 10 GRADEN! ...JE MOET EEN JAS AAN!
EN PAS OP... WANT HET IS GLAD!
HOU JE MUTS GOED OP...
...EN JE WANTEN AAN!
EN LOOP NIET DWARS DOOR DE SNEEUW!
972 A
DOE JE KRAAG DICHT!
VERGEET JE HOESTDRANK NIET!
...EN BLIJF NIET IN DE KOU STAAN PRATEN...!
IK KRIJG ZE NOG WEL!
OUAH OUAH OUAH
Roba 1987 972 B

Fast food

HIIIHIIIHIIHIIII
HIER! HIER!
KWIEKWIE
TSJIELP
TSJIELP
HIER! HIER!
973A
BEEEEE
HIER! HIER!
MJAM GLOEP!
ALS IK 'T GOED BEGRIJP... HOEF IK ALLEEN MAAR TE BRULLEN...!
WAOEOEOE
HÉÉ ZEG! WAT MANKEERT JE OM ZO TE KEER TE GAAN ?!
BEN JE NIET GOED WIJS?
WAAR LIJKT DAT OP?
IK HAD 'T KUNNEN WETEN!
Roba 1987
973B

Ophaaldienst

HÉÉ! ZEG... EEH...
GEEN TIJD!
ZEG! IS - T - ER...
NIET NU JONGEN!
HÉÉ... JONGENS!
NU NIET, OUWE JONGEN!
WE HEBBEN HAAST!
WACHT TOCH 'NS EVEN!
IK BEN TE LAAT! IK BEN TE LAAT!
SPIJT ME! ANDER KEERTJE!
974 A
ZEG MAAR... VERDUIVELD! WAAR GAAN JULLIE ZO HAASTIG HEEN?
NAAR DE BUSHALTE!
DE BUSHALTE? ... WAT IS ER BIJ DE BUSHALTE?
SCHOOLBUS
MET AL DIE WERKENDE MOEDERS TEGENWOORDIG... MOETEN WIJ DE KINDEREN AFHALEN!!
Rob 1987
974 B

Misrekend

HET GROTE VERSCHIL TUSSEN MENSEN EN DIEREN IS VOLGENS MIJ... HET VERSTAND!
ZEKER! MENSEN ZIJN VEEL STOMMER!
NATUURLIJK NIET ... MALLE! NEEM DIE HOND VAN JOU... IK WIL WEDDEN, DAT DIE NIET KAN REKENEN...
WAT BEWEER JE ME NOU?
DAAR IS-T-IE... JOUW HOND! JE ZULT ZIEN, DAT IK GELIJK HEB!
EN IK KAN HET BEWIJZEN OOK... ALS JIJ HEM EVEN AFLEIDT!
SCHLOUP
SCHLOUP
975A
EENS ZIEN ... 1... 2... 3... 4 KLUIVEN ... IK NEEM ER ÉÉN WEG... DAT MAAKT... EEH... NOU JA ... ÉÉNTJE MINDER...
LIKLIK
LIKLIK
HIJ MERKT VAST NIET DAT ER ÉÉN MANKEERT...
ZEG... SCHIET EEN BEETJE OP, WIL JE... HIJ LIKT ME NOG KAAL!
KLAAR! LAAT 'M MAAR LOS... DE TEST KAN BEGINNEN!
... IK NAM ER ÉÉN WEG... KAN NIET TELLEN... LET MAAR 'NS OP... HI! HI! HI!
SCHABAM
GOED DAN... HIJ KAN TELLEN... MAAR DAT BEWIJST NOG NIETS VOOR DE ANDERE...!!
Roba 1987
975B

De allereerste keer

976A
DAT LEUKE MEISJE MET DIE BLAUWE OGEN KAN IK WEL VERGETEN !
Roba 1987
976B

Mister Bill

DIT IS EEN HEEL RUSTIG WOONOORD... DAT ZAL JE WEL ZIEN... TROUWENS... IK MAAK HIER DE DIENST UIT!
ECHT?
SMEER 'M, MAKKER! ZIE JE NIET DAT JE ONS VOOR DE VOETEN LOOPT EN DAT ER HIER EEN TEVEEL IS!?!
ZEKER, MISTER BILL!... IK BEN AL WEG... NEEM ME NIET KWALIJK, MISTER BILL...!
HéÉ JIJ DAAR!! BEN JE VERGETEN VAN WIE DIE VUILNISBAK IS?!
DE UWE, MISTER BILL! IK PAS ER ALLEEN MAAR OP... VOOR U, MISTER BILL!
DE HELE STOEP IS VOOR U, MISTER BILL!
WAUW!
977 A
MORGEN, MISTER BILL!... PRETTIGE DAG, MISTER BILL!
HELP!! DAAR IS DE VERSCHRIKKELIJKE MISTER BILL!
WAUW!
BEDANKT VOOR DEZE HEERLIJKE WANDELING, MISTER BILL... BIJ U VOELT EEN MEISJE ZICH PAS ECHT VEILIG!
NOEM ME MAAR GEWOON BILL!
EVEN LATER...
SKRONTSJ
BRRR
MJOM
MJAM
SCHROK
ZEG MAKKERS... JULLIE HEBBEN ME EEN REUZE DIENST BEWEZEN MAAR NU KUNNEN JULLIE BETER WEGWEZEN... VOORDAT M'N BAAS THUISKOMT...!
Roba 1987
977 B

Nooit weg...

BLAM
BEN JIJ DAAR, MANNIE?
JA JA! EINDELIJK! POE!
ALLES IN ORDE? HOE WAS DE VERGADERING?
ZOALS ALTIJD... VIJF UUR TANTEBETTEN OVER IETS WAT IN EEN HALF UUR KAN WORDEN BESLIST... IK HEB ER M'N BUIK VOL VAN!
OVER BUIK VOL GESPROKEN ...ER STAAT NOG IETS IN DE IJSKAST...
HA FIJN ... IK ZAL EEN BROODJE MAKEN VOOR BIJ HET LAATSTE JOURNAAL...
KLIK
VEEL PLEZIER! ...
978 A
ZOALS WIJ IN ONZE VORIGE UITZENDING AL HEBBEN AANGEKONDIGD IS ONZE EERSTE MINISTER, SAMEN MET ZIJN KOLLEGA'S... DE MINISTER VAN BUITENLANDSE ZAKEN, DE MINISTER VAN FINANCIËN, VAN DEFENSIE EN BINNENLANDSE ZAKEN EN DE MINISTER VAN SOCIALE ZAKEN...
...VANMIDDAG PER VLIEGTUIG VERTROKKEN VOOR EEN WERKBEZOEK AAN DE BELANGRIJKSTE HOOFDSTEDEN VAN DE WERELD...
ZEG...! HOOR JE DAT! TERWIJL HIER DE MOEILIJKHEDEN ZICH OPSTAPELEN MET WERKELOOSHEID, FINANCIERINGSTEKORT, STAKINGEN EN VOETBALVANDALEN GAAT DE REGERING RUSTIG OP REIS!!
ALS HET EIGEN LAND DE BROEKRIEM MOET AANHALEN DAN HOREN ZE ERBIJ TE ZIJN EN OP HUN POST!!
ZO IS HET MAAR NET!
BOER!
Roba 1987
978 B

Verhalen uit het weekblad Robbedoes

AGENT 212

1. Dag en nacht
2. In naam der wet
3. Verboden inrit
4. Plaatselijk verkeer
5. Er als de kippen bij
6. De nachtwacht

ARCHIE CASH

1. Eiland in verschrikking
2. Carnaval der ontzielden
3. De deserteur van Toro-Toro
4. De hinderlaag
5. Levens voor Long-Thi
6. Het rijk der ratten
7. De duivel met engelenhaar
8. Asfalt
9. Bivakmuts en rode ogen
10. De krijger van de groene dood
11. Pop Corn Brothers
12. De kleine Boeddha's

ARME LAMPIL

1. Arme Lampil 1
2. Arme Lampil 2
3. Arme Lampil 3
4. Arme Lampil 4

AURORA & ULYSSES, CENTAUREN

1. De deur naar 't ongewisse
2. De wolf met twee koppen
3. De Odyssee
4. De Amazones

BAARD EN KALE

1. Villa Zonder Zorg
2. De schat van Alarik
3. Oscar en zijn geheimen
4. De witte hand
5. Stomp komt terug
6. Hokus pokus pas
7. Spurten!
8. Villa Long-Cri
10. De pijlen van nergens
11. De rare pop
12. De ontwaakte Toar
13. De grote strijd
14. Het groene raadsel
15. Kale kaatst terug
16. De spookschaduw
17. Tegen de Cobra
18. De vervloekte rots
19. Uit de afgrond...
20. De spoken van Cortecleyn
21. De dode duiker
23. In New York
24. Avontuur in Burma
25. Monster recht vooruit
26. De laatste stunt
27. De Bivakmutsen
28. Metamorfose
29. De vergeten tempel
30. Schaak en match
31. Swastika
32. De stunt van Stomp
33. Stomp 235
34. De schim van de Samoerai
35. In de greep van de Witte Hand

BERTHET

1. De P.I. van Hollywood
2. Dreigende jaargetijden
3. Koffiekleurtje
4. Amerika

HET BESTE UIT ROBBEDOES

1. Kerstverhalen
2. Brieven uit mijn molen (deel 1)
3. De ouwe Blauwe
4. Minnolt
5. Lui van een andere wereld
6. Chocolarie
7. Witte Helm
8. Brieven uit mijn molen (deel 2)
9. Geen geluk voor Chocolarie
10. Mei '40
12. De dierenwereld

DE BEVER-PATROELJE

1. Het geheim van Diepenbos
2. De vermiste padvinder
3. De onbekende uit "Villa Mysterie"
4. Op Mowgli's voetspoor
5. De fles in zee
6. De tropee van Zwartheuvel
7. Het geheim van de verboden bergen
8. Het verzonken dorp
11. De scharlaken wolven
12. Het zigeunermes
14. De duivelsketel
16. Het fantoom
17. Dodenland
18. Duistere machten
21. Paspoort voor de andere wereld
22. Op zee gevangen
23. De keerzijde
24. Souvenirs uit Elcasino
25. De afdruk
26. Het krabbeneiland

DE BLAUW-BLOEZEN

1. Wagen in 't Westen
2. Van Noord naar Zuid
3. Voor vijftienhonderd dollar extra
4. Outlaw
5. De deserteurs
6. De nor in Robertsonville
7. De blauwe groentjes
8. De hoogvliegers van de cavalerie
9. De grote patrouille
10. Blauw en uniformen
11. Blauwen in zwart-wit
12. Blauwbloezen pakken Kozakken
13. De blauwen in de puree
14. De melkmuil
15. Rumberley
16. Bronco Benny
17. El Padre
18. Hoe het begon
19. The David
20. Black Face
21. De 5 schoeljes
22. Blauwen en vrouwen
23. De neven van de overkant
24. Baby Blue
25. Blauwen en bulten

BOLLIE EN BILLIE

60 gags van Bollie en Billie nr. 1
60 gags van Bollie en Billie nr. 2
60 gags van Bollie en Billie nr. 3
60 gags van Bollie en Billie nr. 4
60 gags van Bollie en Billie nr. 5
60 gags van Bollie en Billie nr. 6

7. Gags van Bollie en Billie
8. Papa, Mama, Bollie... en ik!
9. Een hondeleven!
10. Pas op, dolle hond!
11. Hondje-over
12. Die koddige cocker
13. Billies bal
14. Billie is 't beu!
15. Billie! Potdorie!
16. Wat was dat leuk!
17. Weet je 't nog, Billie?
18. Billie, losbollie!
19. Globe-trotters
20. Strip Cocker

BUCK DANNY

1. De Jappen vallen aan
2. De geheimen van Midway
3. De zonen des hemels
4. De vliegende tijgers
5. De zwarte draak
6. Aanval in Birma
7. Smokkelaars van de Rode Zee
8. De woestijnrovers
9. De petroleumgangsters
10. Testpiloten
11. In Korea
12. De onbemande vliegtuigen
13. Een vliegtuig wordt vermist
14. Patroelje bij dageraad
15. NC 22654 antwoordt niet meer
16. Gevaar in het Noorden
17. Buck Danny tegen Lady X
18. Aanval op Malakka
19. De tijger van Malakka
20. S.O.S. vliegende schotels
21. Een prototype is verdwenen
22. Geheime opdracht
23. Vlucht naar de verloren vallei
24. Proefmodel FX 13
25. Het ZZ eskader
26. De vliegende tijgers komen terug
27. De vliegende tijgers schieten te hulp
28. Vliegende tijgers tegen piraten
29. Operatie Mercury
30. De satellietdieven
31. X-15
32. Alarm te Cape Kennedy
33. Het geheim van de spookvliegtuigen
34. Atoomalarm
35. Het dodenescadrille
36. De blauwe engelen
37. De piloot met het leren masker
38. Het dodelijke groene dal
39. Haaien in de Chinese Zee
40. Ghost Queen

Buiten reeks:
Tarawa, het bloedige atol (1)
Tarawa, het bloedige atol (2)

CRISTAL

1. Bezoeker uit de ruimte
2. Doders uit een andere wereld
3. Paspoort voor de angst

DOKTER ZWITSER

1. Middernacht, dokter Zwitser
2. Bij de vlindermensen
3. Verse nootjes
4. Kattenplaneet
5. De reus die vragen stelde
6. De blauwe vos
7. Het rare aapje

DUPUIS AVONTUREN-REEKS

2. Duel om Twiggy (Blue Bird)
3. De wurger (Blue Bird)
4. De archipel der Verschrikking
5. Satans rijk (Brice Bolt)
6. De bloedlotus (Kogaratsu)
7. S.O.S. Jan van Gent
8. Achter tralies
9. De schat van de Eta

FELIX

5. De spookdoder
6. Het land van de vredige morgen
7. De 3de lijst
8. De mummie leidt de dans

FLIP FLINK

1. Als reporter de wereld rond
2. Koers naar het Oosten
3. In de Nieuwe Wereld
4. De geheimen van de Koraalzee
5. De zwarte hand
6. Het monster van de Andes
7. Het rijk van de zon
8. De dood loert onder water
9. De 7 steden van Cibola
10. De vliegende slavenhandelaars
11. Mensenjacht
12. Het goud van de "Oostenwind"
13. De spooktrein

FROMMELTJE EN VIOLA

1. De eerste woorden
2. Sombere dagen
3. De ijskoningin

GENIALE OLIVIER

1. De dolle school
2. Het genie en zijn generatie
3. Genie, vidi, vici
4. Gedwarsboomd gul genie
5. Het genie gedijt goed!
6. Een ingenieus ingenieur
7. Verleden voor de klas
8. Elektronen, moleculen en huiswerk
9. Elektronen en edelzonen
10. Een genietend genie
11. Geniale grappen en grollen
12. Een vrijgevig genie
13. Een geniepig genie
14. Een geducht genie

GERMAN EN WIJ

1. Wat gaan we doen?
2. Is 't bijna uit met die stilte?
3. Hoe bestaat 't?
4. Duurt dit nog lang?
5. German en wij...
6. Komt er nog wat van?
7. Stel je voor zeg!
8. Wat wil hij eigenlijk?
9. Ongelooflijk?

GESCHIEDENIS IN BEELD-VERHALEN

7. Godfried van Bouillon
8. Rampen, angst en verschrikking
9. Baden-Powell (1)
10. Baden-Powell (2)
11. Surcouf (deel 1)
12. Surcouf (deel 2)
13. Surcouf (deel 3)
14. Charles de Foucauld
15. Jean Mermoz
16. Stanley (deel 1)
17. Stanley (deel 2)

GINGER

1. De vuurogen
2. De droom van Azinsky
3. De vliegen van Satan

G.RAF ZERK

1. De eerste vierentwintig
2. Botje bij botje

GULLY

1. De avonturen van Gully
2. Jokkenland

GUUS SLIM

1. Vlinder neemt de vlucht
2. Popaïne en oude kunst
3. De verdronken wagen
4. Vrachtboten in de avond
5. De hel van Texiguay
6. Bomaanslag in de bergen
7. De rode paters
8. Drie vlekken
9. Drie vingers
10. De scooterchinees
11. Warm en koud
12. De springbeesten
13. 18-karaats werk
14. Guus Slim en de spoken
15. Een luizige langspeler
16. Tussen wal en schip

GUUST FLATER

0. Gadgets en gags
R1. Flaterfestijn
R2. Daverende flaters te koop
R3. Flagrante flappende flaters
R4. Heet van de flater
6. Flaters schade
7. Van flaters gesproken
8. Flaters van formaat
9. Het geval Flater
10. Die reuze Flater
11. Flaters, floppen en flouzen
12. De flater-bende
13. Flater verdient een optater
14. De flater-saga

HERMANN

1. Hee, Nick! Droom je?!
2. Slaap lekker, Nick
3. Daar heb je Filarmo, Nick!

ISABEL

1. Het betoverde schilderij
2. Isabel en de kapitein
3. De hekserij van Oom Hermes
4. De ceintuur van Cassiopea
5. Een rijk van tien morgen
6. De behekste vijver
7. Het orakel van Delft

JAAP

2. Jaap de zee in
3. Jaap wat 'n troep
4. De vrijheid op zak
5. Naar de maan
6. De levende kanonskogel
7. De nobele nor
8. De vrijwilliger
9. De beroeps

JAN KORDAAT

1. De Zwarte Zon
2. De diamantbende
3. Het geheim van de Donkerburcht
4. De zaak Barnes
5. De super gamma-straal
6. De bevrijding van Prof. Stagmus

7. Het boze oog
8. Neptunus' geheim
9. Afspraak aan de Yukon
10. De blinde piraat
11. De terugkeer van Jan Kordaat
12. De grote rush
13. Duel der idolen

J.K. JEROME BLOKS

1. De dodende schaduw
2. De papieren droom
3. Op leven en dood
4. De schaduw van het verleden

JERRY SPRING

4. Wapensmokkel
5. Indianen op het oorlogspad
6. Het pad naar het Hoge Noorden
7. De ongeluksranch
8. De 3 Baarden van Sonoyta
9. Fort Red Stone
10. De meester van de Sierra
11. De weg naar Coronado
12. El Zopilote
13. Pancho, de bandiet
14. De Bronco's van Montana
15. De eenzame wolf
16. Canyon-Girl
17. De grote vredespijp
18. Het duel
19. De wrekers van Sonora
20. Jerry tegen K.K.K.
21. Goud in Rio Santana

JESS LONG

1. De purperen boeddha
2. Schimmen uit de brand
3. Bloedig spoor
4. Het doodskopmasker
5. Er was eens in 't Westen
6. Grand Canyon
7. De gele dood
8. De intimidatie
9. De sheriff
10. Het beest
11. Zijn laatste concert

JEUGDZONDEN

25 klassiekers, met het prille begin van Derib, Franquin, Jidehem, Jijé, Lambil, Macherot, Mazel, MiTacq, Sirius, Tillieux, Walthéry, Will...

JOHAN EN PIRREWIET

1. De nederlaag van Basenau
2. De heer van Rodensteyn
3. De dwerg in het rotsbos
4. Het raadsel van de maansteen
5. De eed der Vikingen
6. De bron der goden
7. De zwarte pijl
8. De slotheer van Schoonburg
9. De fluit met 6 Smurfen
10. De oorlog der 7 bronnen
11. De ring der Merenbergers
12. Het onzalige land
13. De hekserij van Bozerik

DE KATAMAROM

1. De medaille van de Inca's
2. De tovenaar van de Grote Beer
3. Het continent der twee manen
4. De totem uit de ruimte
5. Het spook uit de kosmos
6. De Katamarom gaat op stap
7. De Melkwegers
8. De Kromoks dreigen
9. Khena kan niet kiezen
10. De prins der Melkwegers
11. De afvallige
12. De saga van Thorgull
13. Het geheim van de Trollen
14. De wraak van de Kromoks
15. De leerling

KNOKKERS ZONDER GRENZEN

1. Ten Westen van de lagunes
2. Harambee!
3. Het scharlaken gif
4. Raid op Bogota

DE KROBBELS

2. Het Mutantenhuis
3. De Krobbels in het kasteel
4. De erfgenaam

LUCKY LUKE

1. Dick Diggers goudmijn
2. Rodeo
3. Arizona
4. Avonturen in het Westen
5. Lucky Luke tegen Pat Poker
6. Vogelvrij
7. Dr. Doxeys elixir
8. Phil IJzerdraad
9. Spoorweg door de prairie
10. De Blauwvoeten op oorlogspad
11. De bende van Joss Jamon
12. De neven Dalton
13. De rechter
14. De trek naar Oklahoma
15. De Daltons breken uit
16. Bootrace op de Mississippi
17. In het spoor van de Daltons
18. In de schaduw der boortorens
19. Naijver in Painful Gulch
20. Billy the Kid
21. De zwarte heuvels
22. De Daltons in de blizzard
23. De Daltons op vrije voeten
24. De karavaan
25. De spookstad
26. De Daltons kopen zich uit
27. Het 20ste Cavalerie
28. Het escorte
29. Prikkeldraad in de prairie
30. Calamity Jane
31. Tortillas voor de Daltons

DE MINI-MENSJES

1. De uittocht
2. Mini-mensjes in Brontoxico
3. Soldaten uit het verleden
4. De waterratten
5. Het oog van de Cycloop
6. Het spookschip
7. Grijpers van de samoerai
8. Droompoeder
9. De Driehoek des Doods
10. Het diepzeevolk
11. In de klauwen van de Heer
12. De wesp
13. Gevangenen van de tijd
14. Mini-mensjes en aapmensen
15. Mosquito 417
16. De planeet Ranxerox
17. Het witte gat
18. De pickpocket
19. Alarm in Ellendam
20. Ondergronds offensief

NATASJA

1. Natasja luchtstewardess
2. Natasja en de Maharadja
3. Het metalen geheugen
4. Een troon uit de lucht
5. Kaapvlucht
6. De dertiende apostel
7. De vlucht met Mona Lisa
8. Opnamen voor Caltech
9. De raadselachtige gedaanten
10. Een afgelegen eiland
11. De weddenschap
12. De brute broekjes

OUWE NIEK

1. De piraten komen
2. Onder de kapersvlag
3. De citroeneters
4. Het eiland van de open hand
5. De muiters van De Blijdschap
6. In de muil van de draak
7. In handen van de moedelozen
8. Zijne Majesteit rebelleert
10. Het spookschip
11. De Boekaniers
12. Zwartbaard en de Indianen
26. Het rode eiland

PAPYRUS

1. De verdwenen mummie
2. De heer van de drie deuren
3. De gigant zonder gezicht
4. Het faraograf
5. De witte Egyptenaar
6. De vier vingers van de Maangod
7. De wraak van Ramses
8. De metamorfose van Imhotep
9. De tranen van de reus

POESIE

1. Ha, die Poesie
2. Niet doen, Poesie!
3. Poesie mauw

ROBBEDOES EN KWABBERNOOT

1. 4 avonturen van Robbedoes
2. Er is een tovenaar in Rommelgem
3. De zwarte hoeden
4. Robbedoes en de erfgenamen
5. De roof van de Marsupilami
6. De hoorn van de neushoorn
7. De dictator en de paddestoel
8. Pas op, Kwabbernoot
9. Het schuilhol van het zeemonster
10. Het masker der stilte
11. De gorilla heeft het gedaan
12. Het nest van de Marsupilami's
13. De bezoeker uit de oertijd
14. De gevangene van Boeddha
15. ''Z'' van Zwendel
16. De schaduw van ''Z''
17. Robbedoes en de bobbelmannen
18. QRN op Bretzelburg
19. Hommeles in Rommelgem
20. De goudmaker
21. Klontjes voor Doebie
22. Het fopklooster
23. Tora-Torapa
24. Tembo Taboe
25. De amulet van Niokolo-Koba
26. Cider voor de sterren
27. De doodsman
28. Kodo, de tiran
29. Geld, smiechten en smokkel
30. De koudegordel
31. De zwarte doos
32. De stiltemakers
33. Virus
34. Avontuur in Australië
35. Malle Marilyn
36. De komeet van de tijd
37. De terugkeer van Z
38. De jeugd van Robbedoes

ROEL

1. Inclusief bediening

SAMMY

1. Oudjes voor de lijfwachten
2. Rhum Row
3. El presidente
4. Lijfwachten en bonkige boksers
5. De lijfwacht met acht poten
6. De lijfwachten zijn knetter
7. Lijfwacht in de kostschool
8. Lijfwachten en Koning Dollar
9. Heibel in de woestijn
10. Lijfwachten en draculanten
11. Lijfwachtverhalen
12. Het jeugdelixir
13. Het schroeifenomeen
14. Voetbal is oorlog
15. Lijfwachten in Hollywood
16. Ku-Klux-Klan
17. Baby's en blaffers
18. Paniek in het Vaticaan
19. Lijfwachten in de ring
20. Ma Attaway
21. Miss Kay

SARAH SPITS

1. De zoon van de Inca
2. Parijs - Dakar

SLEMPER EN SLOF

1. Mevrouw Sans-Gêne
2. De Kroning
3. Huzaar ter zee
4. De Spaanse opstand

DE SLIERT

1. De Sliert wint veld
2. De Sliert in Schotland
3. De Sliert op zoek
4. De Sliert in de tegenaanval
5. De Sliert in de lucht
6. De Sliert op de Galopingo's

DE SMURFEN

1. De zwarte Smurfen
2. De Smurführer
3. De Smurfin
4. Het ei en de Smurfen
5. De Smurfen en de Krwakakrwa
6. De ruimtesmurf
7. De leerling-Smurf
8. Dat moet je smurfen
9. Smurfe koppen en koppige Smurfen
10. Smurfensoep
11. De Olympische Smurfen
12. De Babysmurf

SNOESJE

1. Snoesje en de knol
2. Snoesje in gevaar
3. Snoesje en de bijen
4. Snoesje en het kleine cirkus
5. Snoesje vliegt weg
6. Snoesje en de zwarte dassen
7. De Boze Elixir
8. Burokratz de vampier
9. Snoesje en de toverhoed
10. Zagabors viool
11. Snoesje en de kulgude

DE SNORKELS

1. De gele haai
2. Een Snorkel in gevaar

SOPHIE

1. Het ei van Karapolie
2. De bel der stilte
3. Gelukkige Sophie (1)
4. Zoef voelt zich bedreigd
5. Sophie en de Ka-straal
6. Het huis aan de overkant
7. Het pratende blok
8. Gelukkige Sophie (2)
9. De kroon van Quitl Watnlawatl
10. Douanier Schilder
11. De adem van de draak
12. De dekselse Sophie
13. De vier seizoenen
14. Inspecteur Ceris
15. Donald Mac Donald
16. Retro Sophie
17. Sophie en Cie

STEVEN STERK

1. De rode taxi's
2. Mevrouw Adolphine
3. De 12 werken van Steven Sterk
4. Oom Ponnes
5. Circus Bodoni
6. Lady Adel Fine
7. De fetisj

TIMOER

1. De stam van de rode man
2. De vuurzuil van Timoer
3. De talisman van Timoer
4. Het bronzen zwaard
5. De gevangene in Carthago
6. De zoon van de honderdman
7. De zwaardvechter met het masker
8. De gesel Gods
9. De kerker onder de rivier
10. De ruiter zonder gezicht
11. De strijdbijl en het kromzwaard
12. Timoer de Kelt
13. Zending in Byzantium
14. Het rode Vikingschip
15. Onraad op de rivier
16. De eed van Hastings
17. De schaduw van de Cid
18. De piratengalei
19. De zoon van de kruisvaarder
20. De vuurvogel
21. Het zegel van de tempelier
22. De zwarte gondel
23. Het goud in de nacht
24. Het woeste land

VERGETEN JUNGLE

1. De grote safari
2. Jacht op ivoor
3. De schat van Kawadji
4. S.O.S. Jungle!
5. De gorilla-saga
6. ~~Kinderroof~~
7. De reis naar het onbekende
8. De ridders van de duivel

VROUWEN IN 'T WIT

1. Vrouwen in 't wit

421

1. Koude oorlog
2. Groetjes uit de zevende hemel
3. Opdracht zelfmoord
4. Het eeuwige rijk

YOKO TSUNO

1. Trio in het onbekende
2. Het helse orgel
3. Vulcanus' smidse
4. Avonturen met elektronika
5. Seinen voor de eeuwigheid
6. De 3 zonnen van Vinea
7. De grens van het leven
8. De Titanen
9. De dochter van de wind
10. Het licht van Ixo
11. De tijdspiraal
12. Prooi en schaduw
13. De aartsengelen van Vinea
14. De bliksem van Wodan
15. Het kanon van Kra
16. De draak van Hong-Kong

LUXE-ALBUMS

Speciaal Lucky Luke (10 delen)
Buck Danny speciaal (8 delen verschenen)
Guus Slim Omnibus (4 delen verschenen)
Omnibus (1 deel verschenen)
Joris Jasper (1 deel)
Don Bosco (1 deel)
Arkel (1 deel)